U0507314

格尔木文学丛书
（第四辑）

水印集

王 瑾 著

青海人民出版社

图书在版编目（CIP）数据

水印集 / 王瑾著 . -- 西宁：青海人民出版社，
2023.10
（"昆仑圣殿"格尔木文学丛书 / 李明主编 . 第四
辑）
ISBN 978-7-225-06544-1

Ⅰ．①水… Ⅱ．①王… Ⅲ．①诗集 — 中国 — 当代
Ⅳ．①I227

中国国家版本馆 CIP 数据核字（2023）第181955号

"昆仑圣殿"格尔木文学丛书·第四辑

李　明　主编

水印集

王　瑾　著

出 版 人　樊原成
出版发行　青海人民出版社有限责任公司
　　　　　西宁市五四西路71号　邮政编码:810023　电话:（0971）6143426（总编室）
发行热线　（0971）6143516／6137730
网　　址　http://www.qhrmcbs.com
印　　刷　青海德隆文化创意有限责任公司
经　　销　新华书店
开　　本　787mm×1092mm　　1/16
印　　张　15
字　　数　150千
版　　次　2023年10月第1版　2023年10月第1次印刷
书　　号　ISBN 978-7-225-06544-1
定　　价　72.00元

《"昆仑圣殿"格尔木文学丛书(第四辑)》
编 委 会

主　编　李　明

本辑编辑　陈劲松

主办单位　格尔木市文学艺术界联合会

王　瑾

青海省作家协会会员，青海石
油作协副秘书长，格尔木石油
刊物《涩北之风》主编。现供
职于青海油田采气一厂，从事
党的宣传思想工作。编辑出版
文集、故事集等。作品散见于
《青海湖》《地火》《中外企业
报》《中外管理》《中外企业文
化》等，曾获"西北五省文化赛"
散文奖、中国石油职工文化赛
奖项。有诗歌系列收录于《红
衣白马的女子们——青海当代
女诗人作品选》一书。

总　序

　　癸卯初春，万物萌动，一切即将现出欣欣向荣之姿，而"昆仑圣殿"格尔木文学丛书第四辑书稿编竣，即将付梓出版，这些都是让人愉悦的事。

　　文化是一个民族、一个国家的根，而文学则是文化的重要组成部分。近年来，习近平总书记在多次重要讲话中都强调要积极推动文化建设和文艺繁荣发展。过去的几年中，在中央文艺工作座谈会、中国文联第十次全国代表大会、中国作家协会第十次全国代表大会以及青海省作家协会第八次代表大会精神指引下，格尔木市文学创作取得了优异的成绩，迎来了大发展、大跨越、大突破的黄金时期。无论从小说、诗歌、散文等文学作品的文体丰富度来看，还是从文学作品的数量与质量来看；无论从创作人员数量，还是文学创作队伍的人员结构来看，格尔木市的文学创作都呈现了崭新的样貌，都取得了优异的成绩。近几年来，我市作者的数百篇（首）小说、诗歌、散文作品发表于《诗刊》《十月》《星星》《花城》《作品》《光明日报》《中国青年报》等数十家国家级、省级刊物、报纸，获青海省政府文学艺术奖、青海省青年文学奖等省内外文学奖项数十个，入选中国作家协会重点作品扶持项目三次，有两部作品入选中宣部2022年主题出版物，市作家协会主席唐明以格尔木为创作背景，出版了儿童文学作品集18部……这些亮眼的文学创作成绩，积极、高效地向外界宣传了格尔木，成了一窥格尔木样貌的窗口，对提高格尔木市的文化品位、推动当地文化建设都有着积极的现实意义。

高原新城格尔木，建政时间虽不长，但因其独特的地理位置和昆仑文化影响，各民族文化相互交融，共生共长，各种优秀的文艺作品不断涌现。尤其是近年来，借"文化大发展大繁荣"的东风，格尔木的文化事业取得了显著成绩，格尔木市文联也紧紧围绕省、州、市委的工作大局，紧扣时代脉搏，积极投身社会实践，在育人才、出精品、铸品牌上下功夫，组织开展了一系列丰富多彩的文化活动，营造了浓厚的文艺创作氛围。

　　"昆仑圣殿"格尔木文学丛书第四辑共6本，体裁涵盖了小说、诗歌、散文、随笔、散文诗等文体，其中有盛明渊的中短篇小说集《迭代时光》、王嘉民的随笔集《槐影阁随笔》、杨莉的散文集《回家的路》、井国虎的诗歌集《错失的风物》、王瑾的诗歌集《水印集》、李宝花的散文诗集《盐的光芒》。丛书作者来自我市的各行各业，既有机关工作人员，也有已退休的教育工作者，还有企业工作者……他们虽从事着不同的职业，但都深沉地爱着这片土地和文学，都在用各自不同的视角和文笔表达着、抒发着自己对人生、对生活、对这片雄浑之地的爱恋，具有鲜明的地域特色。纵观这一辑的文学丛书，文字特点和艺术特征各异，王嘉民的作品洗练老道，井国虎的作品粗犷豪放，盛明渊的作品平实从容、娓娓道来，李宝花、杨莉、王瑾三位女性作者创作的文体不同，但都呈现出细腻娴静的特点。六位作者的文字或充满哲思，向生活的深处挖掘，探骊得珠，或注目于脚下这方雄奇的大地，以深情的歌喉赞美着这里绚丽的山川河岳。他们在文字中挥洒着哲思与情思，引人入胜，有助于更多人了解格尔木，走进格尔木，描画格尔木。

　　背倚昆仑山，以柴达木盆地为主的海西地区，远古时期就有人类在此居住活动。这里不仅是矿产资源的"聚宝盆"，同时也是文化资源的"聚宝盆"。这里的昆仑神话、西王母神话以及柴达木开发历史等独一无二的历史文化矿藏吸引着许多专家学者的目光，也吸引着一批近代著名作家、诗人探寻的脚步，诗人昌耀、海子、李季等人就曾流连于这方热土。这里也走出了王宗仁、王泽群等一批在国内卓有影响力的著名作家，近年来，有越来越多的文学作品从这片神秘的土地走向全国，一批年轻的作家、诗人也走向了国内更广阔的文学大舞台。江山代有才人出，也衷心希望能有更多年轻的作者在这方高大陆上茁壮成长，以笔作舟楫，从这里走向全国，走向世界。

"昆仑圣殿"格尔木文学丛书的编辑出版得到了市委、市政府及相关部门的大力支持和帮助，在此，再次向关心和支持丛书出版的各位领导和有关部门致谢！向为本辑丛书奋力笔耕的作者及一直默默书写的众多文学爱好者一并表示崇高的敬意和深深的感谢！

格尔木市文学艺术界联合会主席　李　明

2023 年 2 月

在孤独中前行（代序）

我看到一个背影，负着重重的行囊，有时是黑夜，有时是白天。有时行走在笔直的道路上，有时踟蹰在无垠的旷野。有时能听到一声长长的叹息，有时却只有轻轻的脚步。我感受到了孤独，但更多的时候，仿佛走进一座绽放鲜花的庭院，缕缕清香直抵肺腑。

这是我在读王瑾的作品《心印集》的第一感觉。王瑾是我的挚友，也是一个才华横溢的女诗人。二十多年前，我和她编文学小杂志《昆仑倒影》时，就读过她的诗，我惊叹于她丰富的想像力、大胆的文字重构和精妙的语言。今天再读她的诗，感受她的诗比之前语言更加圆熟，意象更加深远，达到了物与我、虚与实，情与景的有机交融。

《水印集》分为六个部分，创作于不同时期，有些诗看似不经意间随手拈来，却是通过所描绘的生动情景与诗人强烈丰富的思想感情融合一致而形成的一种情景交融的艺术境界，使人通过想象和联想，身入其境，在思想和感情上受到感染。如《等待天明》：昆仑丘上＼有我每夜从黑暗中积攒的一点点星光＼一直闪耀，一直闪耀＼白雪四月就化了，没有痕迹＼山脉上长出，格桑＼月亮做客，喝杯菊花就走＼把身后的清凉和余晖暖透＼我长此以往，等待天明……短短数行，诗人对生活的深厚体悟，对生命的高度赞美就跃然纸上。

诗歌是高雅的艺术形式，甚至有人把诗歌称之为人类最高的艺术境界，它曾经在华夏大地红红火火，遑论唐宋，不过几十年前，在校园、机关、军营、工厂，人们都热情甚至虔诚地举办各种形式的诗歌朗诵会，农民们甚至把诗歌搬到了田间地头举办赛诗会。但在今天，诗歌正在离我们远去。诗歌这种艺术形态，做为人们在日常生活中进行娱乐游戏的一种特殊方式，正在渐渐地让位诸多娱乐平台，现在已经很难听到什么地方举办了诗歌朗诵会，很难听到有人谈论诗歌，因为诗歌需要沉静的世界，需要听心灵的倾诉，需要独自对情感做出判断并产生共鸣。

但是，只要人类存在，诗歌就永不灭亡。它是人们为了更好地满足自己对主观缺憾的慰藉需求和情感器官的行为需求而创造出的一种文化现象，是全人类的情感需求，我们能记住李白、杜甫、歌德、普希金正是这个缘由。

只是，追索艺术是世上最艰辛的行当。诗歌尤甚。多少人曾经的梦想，要么夭折在物质的绚烂里，要么死亡在跋涉的寂寞里。金字塔顶尖只是一块砖，大多数人只能做奠基者。

然而很多人依然在坚持，他们并不期望被阳光普照，宁愿做一个苦行者，他们射出一束束光芒，如果不能照别人就照亮自己，他们吐出一缕缕芬芳，如果不能熏染别人，就熏染自己。

王瑾就是诗歌艺术世界里的苦行者。她在诗歌的天地中已经跋涉了许多年，伴随着无数的苦痛、迷茫和孤独。与她同时代的许多诗人、作家都厌倦了看不到未来的跋涉，纷纷起身离去，而她却乐此不疲。她去听风的声音，看山的雄伟，观云的变幻，悟水的灵动，把梦想、忧伤、感悟，当然，更多的是把生活的美丽、心灵的快乐呈现给我们。今天我读《水印集》是那样庆幸，庆幸有这样的一位孤独的行走者，我们才能看到这一首首好诗。

做为她的挚友，我愿意把这句话送给她，并与她共勉。

如果想要奢侈的人生，那么写作，是奢侈人生的必须！

青海油田　吴德令

目录 CONTENTS

第一卷 白夜随行

第二卷　心上高原

第三卷　青年和他们的影子

第四卷　镜　像

第五卷　　那些花儿

第六卷　一切与水有关

圣殿昆仑

格尔木文学丛书

GEERMU WENXUE CONGSHU

（第四辑）

第一卷

白夜随行

早晨的鸟雀

早晨

最欢乐的是世间的鸟雀

不需要叫醒的闹钟

一个一个，排列在晨光里

跳舞，歌唱

黄鹂，鹦鹉，麻雀

就连乌鸦这个黑客

也勇敢地献歌：我很丑，可是很温柔

屋顶的太阳

一寸寸后退
把天空留守光明之意
传达给
等待上岗的月亮
此刻，真的有人在细数
与它交集的分秒
到底，还有几张瓦的距离

午后光

光
不白，不蓝
似乎万道刺芒
把我的眼睛短暂地刺伤了
谁让我，于午后刚好遇见你
只好顺遂天意，热烈拥抱一场
我知道，你不会把我的脸晒伤
你会满腹经纶地
为星子们讲授：夜天书

秋　意

秋有秋的来意

温凉如水

一道白日光，烟熏色的灰茫

在下午的窗前照过一张像

就是那样

像和老朋友说话

我在慢调中默写着抒情的文字

今　晚

明日之前
我是这样的
想着不公正与非平衡
带着轻愁活着、叹着、又笑着

今日之事
我心是虚空的
望着星星与枝桠
有着错落之感、之心和之身

无论今明
都缺少一个喝醉的女人
喝到昏醉，沉鼾不醒
便可以从世间抽身，无关俗事之事
可以吗？任何诗，任何音乐，任何文学
什么都不创造
我是贫瘠的，智力不高，心智不醒
我在酣醉中说话
象话语一样，创作文学

晚　风

感冒了，这是个意外
外面的世界其实很热
不是被风吹的
连风都在睡着觉
突然
一枝，一叶，摇动
秋晚，歇脚的，注定是我

傍晚是诗

我在花台写作
灯在头顶发光炫耀
影子中的发丝
三千惆怅

诗
抽走日光
血液清凉

天黑之前

启动灯盏的开关
继续做每一件事情
无论完善，修补，收尾
都和天黑较量
和星星相比
谁的眼睛更明亮？

无　星

没有一双眼睛不是为了寻找光明
哪怕盲人，都在心里为其定位
今夜，我找不到白色的星星
因为，我黑色的眼睛
终究遇夜沉沦

空

夜，空

只有一颗星值守

这颗星把大地看成是，天空城

想象为此而付出光亮

就可以一夜成长

大地

却是繁星点点

因为每一条路，每一座楼，每一个窗口

都透出光亮

满城亮化

就连穿城而过的河水

也清流汩汩，为家乡的变化感动了

星，感知到了

低调涵养

闭目养神

呓

一墙微光破梦，我试图再次入睡
苍白的墙壁失眠，这片空间保存白天的安稳
陷入迷局
惑乱了丝滑的睡裙
从来，没有这样愁怕过一件事
左邻不幸福，表白永远轻薄
右舍添新愁，却用时尚诉说着刚需
莎士比亚说得好，什么样的开始；就以什么样结束
伸腿，量不出裙的长短
感谢。失眠苦郁之恩。

失　眠

把白天的心事藏在心里

淡定地去睡

抵达梦的绿茵，需要翻山越岭艰难跋涉

遇见一群绵羊

吃掉一坡青草

有时，会在山坡上遇见恋人

等待天明

昆仑丘上

有我每夜从黑暗中积攒的一点点星光

一直闪耀，一直闪耀

白雪四月就化了，没有痕迹

山脉上长出，格桑

月亮做客，喝杯菊花茶就走

把身后的清凉和余晖赠予失眠者

我长此以往，等待天明

太阳快来的时候

我顶着一颗星走下山丘

留下以柔光目送的花仙

不说难，现在就想牵挂高原

我的双脚努力跨过山峦，望见了

苍狗仰望夜空的另一种星星

那里，二十八座馆舍闪耀

它们是星宿的圣殿

一　夜

黑夜给梦的暗亮涂上一层黑釉的漆
釉质不再是白色，黄色，或是褐色
而是流淌下一汪甜腻的糖水
那些曾经为爱情的饱腹感付出的蚀骨的创伤

咬着牙，握着拳，在一整夜做的梦里与你温顾四年时光
茶室里的啜呓，课堂上的听讲，眼睛和眼睛的对望
共同描画一幅地质等高线图的时候
我把半杯开水传递给你
用半截纸巾给你擦汗

一个还算漂亮的女孩突然坐在我的位置
与你喝茶，说话，对望
大眼睛装得下你的儒雅斯文模样
和犹豫不决的表相
我从长长的桌椅中间走开，再回头，人未见
在视野清晰的白云下
沉重的，流下眼泪
灵魂轻盈起来
飘到柳树树叶上

白　日

从阳台望向花园
白花吐露着芬芳
在密密的细草地
郁金香竞相开放
在罗密欧与朱丽叶的故居
听说保卫爱情的故事
想着，走着
骤然，看见头顶
一轮灼心的月亮

一片叶子

从树叶间落下的这片叶子
穿过枝桠
坠到地上
簌簌之声响起在傍晚
之后，这个安静的院落
陷入更深的安静
是我没有深入地走进它？
所以难得见到坠落的绚烂

而此刻，一片霞光的铺设恰到好处
把又一片叶子陈列到女子的唇齿之间
然后女子把它吻成远逝的马蹄
叶子以艺术体操的方式
抗拒衰老，垂暮

伪装黑暗

把窗帘拉上
把灯盏关闭
营造氛围，享受这虚构的黑

空调传来风声
口腔感受着干燥
隔壁的英语老师哼起洋气的调子
它们，和他，都在提示我未到的时刻
只有伪装，闭眼打造：明月千里的背叛

梦见你

白天没想你

夜梦深，我能看见儒雅的脸朝着我

惊喜和犹疑，待定

天空没太阳

你走着，慢慢地

一下就温暖到路边的草

二月，就绿了

树和风

今晚的风很大，是
树影摇出来的
今晚月亮上的丘陵清晰
仿佛唱片上的密纹
认真的风，是一枚
尖细的唱针

石头还在那里，血液就被太阳抽取干净
一些黑色素被放在身后的背包里
有时候，会取出来点缀平庸的金黄
那些地方黑着，是太阳宫里藏的机密
人们用风扫码，读出黑暗里的学问

月亮，我看不到你

如果不是乌黑的云团

你只是一面明亮的镜子

对着你看的人，看不到自己

你看的人，远在天涯

你身上陈设着的贝壳

就是天那边的人，在海中为你打捞的信物

慢慢地，

贝壳变成石头

长在你的体内

想念，于你是艰难的事

因为沉重的石头

和肌肤代谢的千万担泥土

以思念的泪水融为让地球人仰望的一本书

每年深读一次

但是，除了冷光照在苏东坡先生的诗句上

我看不到盛情的你的厚待

我还想成为古代人的样子，踱步

然后看到的，却都是纸一样白的灯光，墨一样黑的天空

六盏灯

把六个明亮的词语都装进你们心里
也没有你们闪光
把六个黄色的物质都移到你的日子里

熄灭了四盏，也还是
勇敢地在眼前的日记本上
倒影出女子蓬勃的发丝

无 题

窗外的犬吠声，一声比一声高
让你心里的炉火烧得旺旺的
等削尖了脑袋钻出玻璃
冷空气，在鼻子周围把潮汐变成了水珠，涌来涌去
顺势，浇灭了一腔炉火
犬吠恣意，是一种张扬的美好
——这让我再次嫉妒
不似我，以柴米油盐酱醋茶
压低了歌声

夜 半

阵雨，隔着玻璃演绎出张力
成功逃过睡眠的眼睛
迅疾，占领街道，店铺，屋顶
院子里树上的果实
在坠落中惊醒

没有人奔跑
熟睡的人
如谷壳里的粮食
散发出甜香

夜 色

屋顶的光影，一寸寸
轻移莲步
然后，它停在失眠的眼波里
激起无声的晕光和涟漪
闪烁出中年的危机与烦恼

在那个困倦的女人脸上
光影移动更加缓慢
用手指把皱纹拉直
再为四十的年轮守岁
终于把黎明等到了
纵身
跳入一片白白的水光

夜　梦

地平线的一缕晨曦穿透张开的眼睛，
心随之颤栗，
这是二十年来的第一场大梦，
心头一根刺芒，
给了烈醒的痛。
高高昆仑的白雪额头点上血红的光华。

昆仑离我很远，
即使云海喧腾，
这座高贵、洁净、平静的山脉，
诉说亿万年的伤，还有痛。
于是就像一只荆棘鸟，勇敢飞上山的上空。
拔掉刺芒，擦去血色

夜 风

昨夜　风一直在吹
梦里　我一直在听
听得天都亮了
听得梦都不完整了

黑夜　我一直在向亮处跑
去梦　我一直在忆流苏殇
忆得脑子全乱了
跑得如失去了方向的风

夜太深沉了　所以我早睡了
可还是叫混沌的天地扰了一颗不安分的心
一边扯着风的番号　一边拽着痴人的衣角
两边　都痛

窗　帘

拉上九尺米黄的窗帘
我们围坐在一起说话
心，就特别安静
和灯一起敞亮

看这灯光绵长的布匹
是手指间的丝线缠绕成的捻
这捻，让我们坦然割舍下
窗外悬挂的
那轮半月

天　明

于黑暗中蓦然跳出一团灰白
灰色是气息。白色是水汽
两种颜色把眼睛刺醒了
一只张开。一只萎缩
玻璃是最早起床的
报告天明。预告有雨
今天可能不出太阳
母亲在床头的沙发上坐着
在天光的浮沉下
絮叨起九月的家事

读　诗

这些天，很用心地去读老师的两本书
用力地感受着每一段文字
可能阳光瑰丽地辐照着大地
可能细雨绵长地湿润着软围巾

没有放纵的生活态度，美是矜持
像睡眠一般宁静
你是农夫，他是工长，她是闺蜜
我极力想记住每一句话，每一个字
仍达不到让人安心，让人暂时忘记伤痛

光阴与我

我想变得丰盈
至少多过一株垂首的稻穗

我开始埋头读书写作
填补精神的空虚带来的迷惘
就在这安静时刻
我听到了书丛间传来隐约的"嘀嗒"声

我循着嘀嗒声
寻出一只老旧的手表
上海牌的
走走停停　停停走走

我重新为它上好发条
让它归于原处
它依旧在时光中浅唱
我则学着勇毅地穿过
嚣嚣的流沙

石油篇章：景致（八首）

观　天

天空的云悬着
从更远的世界飘来的魔咒
游历的脚
不快不慢
把自己交付给荒原
那雅丹，可是云的行囊

廊上灯

我走的这段路
笔直
头顶的灯
不断亮起来
走一步，亮一盏
因为我的足音
响在廊上

满满地，所有的灯都亮了
我继续踩着光滑的地板，前行
我努力把一截短短的回廊
走成灿烂的星途

那么宏大

天空宏大，风宏大
风之下，云翼宏大
巨大的影子迁徙

苍茫的大地上
一株小草
托举起
巨大的天空与虚无

工地雕塑

西北方
勾勒起一个凝重的缩影
过滤
隽永成一处浮雕
冬天的早晨
风

颤抖地抚慰着跳跃的灵魂

我看你已疲倦万分
身形憔悴了许多
劳累的眼睛
同人影、太阳与风
同步游移

风

还在高原骤起、跌落
猛烈如困兽一般进攻
你依然坚定如故地
俯身拾起管钳
信念的霜华
在脑海中
坚固如冰
嘹亮的哨音、吆喝声
回荡在无边的宇宙

那一炉火
升腾在每个人心中
汗
滴洒在沟壑的工地
安全帽

让人突然严肃而显得热烈

路边泛起霜华
泥土更加干涩

你在寒冷的早晨走向
那处浮雕
它如一座圣洁的宫殿
使得你一走近
就虔诚膜拜
尽心去完成你的夙愿
萦绕你耳畔的何止是铿锵的响声

你这强悍的手臂
与吊车一同喧腾

涩聂湖畔的晨曲

由远及近
这是一场序曲

晨光里，脚都不忍心踩过，怕碎了心意
所以，惊喜地看着
密密麻麻铺陈的

金色被子

盖在大地的胸膛上

一片，就是一层

每一片都唱着，大地赞歌

纤细的，簌簌的

是石油人的骨骼碰到了石头

一直，都是这个疼痛的韵律

停下来，咬紧牙关

我的耳朵听到的

是涩聂湖的波涛

流淌成的高原气田生日的长调

车窗外的风景

全是黄土

沟壑挽着沟壑

风雕刻着苍茫

也雕刻着寂寞

不担心变老，因为已经老了

经历了沧桑巨变

皱纹也不再可怕

何况，还有一些沙棘和红柳

为这苍凉之地涂上蜜柚般的唇色

流沙里，开出一朵雏菊花

在那样一片宁静的海
我守住我的心灵
在心里种下一朵鲜妍
用我的泪为她浇灌

我以目光作为照射
在黑夜前往
直至天明的光亮
用我的笑为她疗伤

我的泪再也流不出曾经得伤感
我的笑用尽了力气去舔犊过往的殇
无叶的花　在三月大漠的云烟里生
无心之我　把降到七月心里的秋幂
做成了果

天真庄严的万物之心
向着天弥撒
最迟
我也会开成一朵雏菊小花
流沙里　泛着鹅黄的脚丫

我的眼前出现了一幅画
一盏盏灯火扑来
似流萤飞走
一重重山岭闪过
似浪涛奔流
此刻大地飞歌已经停歇
宝贝在妈妈怀中已经睡熟

在这样的时候
在这样的路上
在这一辆车中
在这一个窗口
我曾看见年轻人闪亮的眼睛
在遥望昆仑山浴雪的峰头
我能想见年轻人火热的胸口

直到今天
也还是别丢掉
这一把过往的热情
我还要用这红色的稠密
为那朵鲜妍祷告

抓不住太阳的光芒

也要捧一把月光的清凉
我的仰角
标刻上青海高原的雪山

瀚海情书

见字如面，展信抒言
三月，你那里已是春风渐暖了吧
而我因思绪渐浓，感受这城市的温度依旧寒
凉又低调
一天甚至长过一年
你可知否，我已写下千百字的深情

去年此时，我把一片雪握在掌心
摊开手就能感受你的呼吸
于是，我望着昆仑雪顶
记住你的颜色
白而清，洁而亮

你说，在宽广的胸怀里才能体会天地博大
是啊，荒原还有净土的原色和新鲜
圣山的巍峨让人敬仰
你却在担当成长
每个投入的岗位，都是一盏星光的坐标

你说，让我保存热情就会感知温暖
向上而行就是力量
而我，只想在你海一样的胸怀里
做一只石栖鸟
无比自由、无比欢畅

今年此时，我已为你收集好一杯春雪融化的
清泉
你只需备好沙漠玫瑰石几颗
我便与你品茗赏石
写下第一首春天的歌

我等待天明之后，你已能够承受重荷
能让我感知你温暖的体温
一个拥抱，冰雪消融
一眼对望，山高水长
纸短情长，不尽依言
面朝瀚海，春暖花开

石油篇章：色彩（三首）

红

三月春暖朝阳明，

盐碱滩头，脚踏残雪软。

聆听大漠风说寒，

红柳向天，凌云志高远。

二十七载创业路，

而今探看，昆仑山前上层峦。

雨打晴川落汪洋，

穹顶之下，错把己作仙。

嗟叹！从来创业经风雨，

三百风尘，辗转夜凄惶。

知否，应是红衣护铁树，

黄沙漫漫，瀚海星辰处。

绿

啜罢清茶，暝思慵整新词恐，

轻展书卷，执笔抒怀文思涌。

回眸长路，激流勇进千帆起，

风雷急，昆仑白雪，仰视云上鹰。

男儿柔情，碾作尘土藏心胸。

女儿思绪，最是痴情心玲珑。

绿色能源，气出高原净天地，

若此番，惊了纸砚，字字气韵满。

人道涩北，荒漠绿洲雁惊鸿，

撸衣袖，依云回首，今把春天颂。

蓝

忆春华，记秋实，不忘初心踏征程。

西风烈，情义暖，经年探索。难！难！难！

天蓝蓝，人惊叹，寂寞英雄心永恒。

地广袤，勤耕田，纵横阡陌，携手开拓。切！切！切！

今夜，举杯

——纪念二十年石油征程

此时

是雪域高原最青春的 3 月

此地

是柴达木盆地东部的无边无际

大漠西风灵动欢畅

紫燕南来问及斜阳

昆仑的血脉

祁连的银发

阿尔金的傲骨

涩聂湖的灵魂

洁白的盐朵漂泊的江河

高耸的钻塔梦入雅丹

寂静的天籁风起云涌

团结开拓敬业奉献

这是一首英雄进行曲

蓦然回首

已是二十个春秋
日夜思念的圣地
我将心放在你的花蕊
心中流淌着这份甘甜
舞在风中的涩北
是多情的少年鸣奏起颤动的心曲
是壮烈的勇士劈碎疯长的荆棘
难言的惊叹无声的霹雳
声声石油魂
句句相思雨

今天，我又站在你的身边
戴上一顶宝石花的风帽
将你的童心
化作红色的焰火
让20年史诗的沧桑
在霞光中重现光芒

看，6000里气流奔腾而来的方向
那就是光辉起点
那双泥泞的脚在深夜的声响
那双粗糙的手在月色中斑斑驳驳
戈壁夜夜的风霜连接起满天星斗

第一杯酒祖国我敬你

在飘满春天气息静静的路上

石油儿女把对祖国的赞美写向永恒的苍天

想到你我每一次的呼吸澎湃

每一根血脉膨胀

祖国，你可看见

龙的子孙龙的血脉

雪域高原见证辉煌与不朽

在离家奔向西部大漠的时候，我在想

用红色的采气树把梦想托起

用黄色的管线输送理想

荒凉的沙漠不是荒凉的人生

让荒原流光溢彩让荒原热烈雄壮

第二杯酒涩北我敬你

这个存放柴达木石油人 60 年青春记忆的地方

这金色的管线里流淌着世纪奔腾的血液

帐幕围城黑白流转

开发气田奉献能源

打开气藏亘古的心扉

盐碱地吐露"芬芳"之气

第三杯酒英雄我敬你

因为有你

石油巨龙在飞腾

因为有你

宝石花绽放在星空下

忘却了

小轩窗，正梳妆的情意

手机里写着

爱你，就爱你的事业

我愿和你共守高原

二十年尝遍了尖利的风沙、灼目的紫光

二十年踏遍了三湖、走穿了戈壁

有人问我这双脚丈量的土地上能播种什么？收获什么？

我回答，能播种汗水收获希望

格尔木文学丛书 （第四辑）

GEERMU WENXUE CONGSHU

第二卷

心上高原

写意高原矿藏（七首）

盐的湖

一处水波静淌的地方名字叫盐湖

轻轻地走近她

心如湖面般平静

任性地漠视她，又细细地品味她？

曾经与她也这样相望垂怜

这缤纷的盐花令我的眼光青涩如少年。

把她视作一个女子，脸庞并不是沉鱼落雁

用碧水的色泽描绿眉眼，因此她无需告白

她就是大地盐语的化身，而不是唐诗不是宋词

越被盐水裹着，就越发明媚

这如同任何美丽的女子于人群中

这些大的小的盐做的湖

若允许我忽略她，产生的一千种理由

必不包括深浅，位置，品相

以及初心。

我庆幸我的感觉还未迟钝，良善未泯

矜持有度。

但今天，我激动于读懂她伟大的职责

珊瑚、云朵和灵芝的姿态

盐湖为高原大地养出的儿女

我要赞美她

如天空说，她是纯洁的

如天空说，她是人心底的透彻

如天空说，来，流淌吧

一封盐语写就的情书使得我长情而又青春

此时，我为何不向着"天空之镜"

寻一份年华久长？

湖的结晶

我珍视所见的每一块洁白晶体

聚合着一种力量

一片蓝绿卤点出清水中的芙蓉

具有天生丽质的净态和纯度

我惊异于那些沉静的西部盐湖

茶卡、察尔汗和柯柯盐湖

经过地壳运动，这些大海的遗留

包容天地水土的灵魂气场

依然激荡着咸涩的风雨

依然有压低的大海的波涛

我自豪于那些干净的盐床
那些酣睡了亿万年的矿产，提升了中国的品位
丰富了青海的物化生态
这湖底的盐花，正透明地盛开
妆点裸色的高原

纳赤台的昆仑泉水

这股泉水
从地台蓦然喷出
清澈和透明
完成了一朵格桑花三千年的修行

它流入高原干涸的身体
润泽了群山的挺拔巍峨
让昆仑河的歌喉清冽

一眼泉，让 3540 米的海拔不再苦寒
青藏线路标 2828 公里，众神举起琼浆的杯盏

有一种植物叫枸杞

从海拔 2600 米的盆地沙漠地带的边缘

看过去

排列密集的果实

千顷红宝石般的艳丽与浑厚

如万树燃烧的理想和信念

一棵棵枸杞

像一个个柴达木女子

面颊红润，散发光彩

是呵，能忍耐高温的阳光树

都是外表火红，内心甘甜而火热

这便是高原的孩子。当光、热、水、土遇到了

洁净生态

生出原生态的红果

像热烈的情话，表白柴达木盆地

激情与延续

三千年情怀的胡杨树

一棵棵姿态各异的生命体

有斜向也有直立

枝叶蓬勃，如翅羽

仿佛大风吹过，就会飞到云端

描绘一树金色天堂

高大茂密，或是稀疏低矮
枯树，或是幼苗
都是生命的大写意
站在黄沙里倾听风诉

不死，不倒，不朽
绵延三千年传奇
一种英雄的具象
在雪山前，静默成冷峻的雕刻

蕴藏灵性的昆仑玉

我看见石头上呈现的匠心
也看见昆仑石默默的坚守
坚韧　透析出圣山的岩脉
纹理细腻，花岗体质
珍藏奥运的荣光，展露喜马拉雅造山的动感
用雕琢的痛
喊醒石头睡去亿年的灵
与青色的筋骨、白色的皮脂一起用力
发出石破天惊的美

高原精灵藏羚羊

盛大的迁徙。
从三江源、羌塘、阿尔金走来
1600 公里的穿越，1600 公里的生命的盛典
每分每秒吹来的冷风，凌厉如刀的冰雪

栉风沐雨，它们吉祥云朵般的脚蹄
扣响亘古静默的荒原
可可西里
锻炼了羚羊部族惊人的耐力

一片蓝色的大湖出现云端
那群高原的精灵昂起羚角
一只初生的羔羊，诞生在草场

这一次的轨迹

在不安中吞咽下一片白药
温水中荡漾出苦的泡沫
一直向下
把我的担心送到了深渊

真为自己的粗放感到自责
这一次想对身体说声"对不起"
你还正常吗?
此时心的敲击达到强声

我问心有愧,一束光旅行到下午的边缘
希望和我的身体有一模一样的路
受它的罪,爱它的恨,和饥饿心,饱足感
还有对杨柳发芽的惊叹
我和它,怎样能一致?

孤独者的灵魂

在土黄色之前
一切都是寂寞的
风沙遮挡住昆仑山的眼
我也是寂寞的

我总是这样认为
山的伟大和我的渺小是和谐的
尽管有时畏惧零下二十度的高寒
但也喜爱白雪覆盖的冷气
所以我在盛夏为自己降温　盘起长发　穿好
纱裙
选择在过风的走廊向东
我走着这样一条浅显的路
像树叶、果实、花朵的脉络一般清晰简单的
画像

困倦的人

一只小鸟停在脚边的时候，我在铺满阳光的路上停下
这时阳光不再是阳光
树叶和干草，还有土和空气
几乎让所有身体睡去
混沌着双眼后的绵软，躺下固成一个个器皿

没有突破口，一栋楼里的几百人在每一个阁子间坐好
每一个位置上，每一台电脑散发着辐射热
像红番薯火红的能量烤验皮骨
这时，大家都是俗不可耐的
真心英雄
在苍白的纸页上
用力写下每一个汉字
直到散落成仙人掌的一根根芒刺
疯狂地堕落成缝纫盒里的一枚枚软针

婶娘

住在对面六楼的婶娘
在每天清晨磕一百个头
她家阳台
定时飘出缕缕青丝线般缭绕的烟雾

妈妈说她日日拜，身体里却还住着病
那究竟还拜它做什么呢？
目睹你磕头的样子
随意的盘发和手握的线香，并不影响你中年的风韵
我甚至还可以参透你年轻时的某些神采

香慢慢被星火化掉
香灰说疼：骨头散落了也还是香
今天的香火超过了以往，谁的双眼醒了
被移植的半截香证实
半辈子的诚心

婶娘像她手里的香
一日日
消耗着自己

周末的叶子

秋日的阳光，依然保有热情
而我们，已提前预支了秋风
与生活的凉意

一片树叶
在悄悄抖动，变黄
是在模仿活在枝头上的我们？

这是你和我的周末
叶子，和文字一样
睡着了

我认识了一只蝴蝶

其实，就是一只普遍的
飞在矮草和油菜花上的蝴蝶
前世，她没有你跑得那么快
但是她有挣脱茧壳的勇气

她的每一次翩跹
是否是她的一次回首
她不知道
我即使和她永不互扰
也愿意和她做红尘中的邻居

蜻蜓悼

活到最后一刻
蜻蜓的眼睛慢慢闭上
那时它很满足
灵魂住进了心里
落地就是皈依

掉在人间的领地，我深思——
翅膀，四肢将成为碎末
与土混淆
但轻盈的魂灵，依然有点水的波晕

一个等秋天的中年女人
走来走去
把飞翔浮沉了脚印

煤

这地缝中的植物！

被投进火炉
一炉星火，是它繁茂的枝叶

火苗奔突：这灵魂的突围有多痛
灼烧，释放黑色
夜，破解阴谋
一炉火
死时，带有梦的体温

心　意

心海在夜色里宽阔
笔尖经过黑色的礁石
快速地行走

在这条虔诚的路上
从下笔写第一百个字到看夜之白光
我已经分辨不出黑与白
梦与现实

坚定或犹疑
写下最后一个字的最后一笔
碳素笔戛然而止
它在纸上行走的声响巨大无比，响在耳边
——
赶上第二场冬雪的纷纷扬扬

心无杂念

青春不老
雪，飘落在每一天

那我就跟着白色起舞
把衰老从血液的澎湃中删除
如此，诗书年轻

冷静过的热烈
是雪
是血

边缘人

在夹缝和边缘写作
走，或不走
全凭坚韧和冲动

海子的神话，昌耀的伟大
他们的故事已是铺天盖地，潮涌而来

这世界，扶摇上路也无所谓
一些闪过的生异面孔，粉墨登场
巡回出演
诗歌与我，处境相同
都在边缘

你把我的心弄乱了

一首诗正在被认真阅读

一盏灯已经慢慢熄灭

愉快的心情赶走困倦

温暖的房间里，垂落的藕荷色窗帘

在看着整件事情：

谁把你的心弄乱了

书页把手指划伤了

三更天，伤痕泛红

窗外的月光

照着我和那些文字

我继续阅读

你的身影始终如一

安静而绵密的晚上

辗转着心脉的舒张和起伏的气息

写　你

没有好的办法

只当你是我后半生的初恋

前半生，给了懵懂的自负

因此，现在的办法就是

能让你的坦率真实停留在一首诗里骄傲

上天带你和你的真诚来，我以为这是宿命问题

站在荒原看着远山

为今后未雨绸缪

季节未到就开始一些准备

晴好的天气，和你前往异地

这些年，时间，终究还是给出了答案：

在我的诗里，你不领先，也不盲从

只以叙事体，直白说话，没有爱情的样子

写自己

开始写诗

在文字中面壁

写下自己想对自己说的话

安排好日程

读书，写作，清洁，晾晒

自说自话，渴了喝水，病了吃药

自我救赎

有一百个理由不做一个贤良的主妇

也有一百个理由顺从于庸俗的日常

开门，推窗

擦亮蒙尘的书桌和心情

我不是柔弱的人

尽管我会显得迟钝

我也会用那迟钝爱着

所有精微的美好

我以为诗

从少年到青年
从青年到中年
从床沿儿到沙发茶几
笔下播撒的
以为是诗

如今还是这样
白纸黑字
就如饱满的种子落在无声的大地上
执笔如犁，如刀
耕耘着我纯净的花园
刻画着我卑微澄澈的心

一个人

一个人时
就如一个有些冷
又有些静的字
孤单，又不合群

一个人时
像天空的那朵云
飘渺，茫无方向

一个人在早晨
被阳光唤醒
像是一首诗
被一个词语唤醒

一个人在阳台
静静地向黄昏落下
像是暮色
温柔地抱住了夕阳

走一条干干净净的路

午后三点
阳光走在阳光中
多么干净
阳光的脚步
又轻又软

高地之上
阳光飞翔
有多少人
如我一样，用阳光
缝合了一些暗伤
把一条隐秘的路
打扫得干干净净

孤独，其实很清晰

在自己的世界里
活得孤独而又安静
端正，清秀，把自己活得很矜持
离群索居
像孱弱的叶子
悄然变黄，悄然凋零

那只拿着颜料的手，是孤独的
把丰沛的孤独，描画成每一片叶子
清晰又深刻的经络

最　近

被中年的窘境追赶
这几日，我愁容满面
时光紧迫
步步紧逼

我的心
越来越像一潭睡着的水
没有风
也卷不起微澜

我比你更寂寞
你比我更冷淡
没有了怀抱的温软
连想念也一点点溃散

曾经有多么深刻和鲜艳
如今就有多么
风轻
云淡

风来了

凌厉，嘶哑

风来的时候

裹挟着惶恐

沙尘战栗

蜷缩起自己，翻滚

把一声叹息，一声咳喘，一声抱怨

揉得粉碎

张望的眼睛里

等风来

等风吹起

一丝丝的潮汛

风　声

一次次鼓动喉舌
幽怨，执着
寻找着倾听的耳朵

这不管不顾的施暴者
把苍黄凌乱填进空眼睛
浮着的，是悲哀的颗粒

风声，在想象中
也在现实中
局促着，顿足着，焦虑着

那风声
已钻进了骨头里

春天的风云

吹来柴达木的冷雨

冷雨，冰冻的冷雨已经降落

衣服湿透了

一个缤纷的念头也湿透了

一个人走在洪荒之境

心意萧索

就如一棵

落光了叶子的乔木

秋天的方式

这是最后的赞歌
还是哀鸣
嘶哑，无力
透明的羽翅陷入秋风

在渐渐瘦下来的秋天里
用缓慢的，愚笨的方式爱你
几乎不说话，仅有只言片语
刀口，风，一个说辞
秋风已触摸到了
知了软弱的胸膛
那背甲，那鼓噪的舌头

枝　叶

三盏灯，住在树枝上
它们注视着深渊般的夜
也把目光投注在
沉默或喧嚣的生活上
家里的窗户对着它们
灯光投射过来，从一而终

它们一起熄灭
树枝就和天色混为一体
叶子、枝桠、影子
在黑暗中摇摆
比我的心思还乱
当它们一起重新亮起
温暖如抚慰
我的心底便枝繁叶绿

深 秋

白米粥在炉火上
慢慢散发出香甜的气息
这最平凡的幸福
简单而具体

想起了季节
是收获之后锦绣或贫乏的生活
早早晚晚，安于寝食
把过冬的食粮装上心意的马车
为日子存好温暖的柴火

这时候，心境豁达
藏起隐疾
只俯首于阳光
和生活

高原柳

高原的杨柳，不像西湖边的
在江南的风中飘出惬意的弧度
每片叶子都是西湖水洒出的欢笑

高原柳，在苦寒的风中
努力踮起脚尖
在透明的海拔中奋力向上

丰子恺爱柳
他画出柔和的风，以及柳的倩影
我爱柳，这种爱
如高原柳一般低调
只向高原
弯下文字的腰

春天路遇沙尘暴

昆仑山藏于迷尘

也藏起了它的苍凉、雄浑

青藏的眼角浮动着尘翳

这所谓的十里春风

激起孩童的惊叫

春树惊醒，枝条无力

盐湖隐形

那绿色的碧水

蹙起了眉头

那密密的波纹

难以纾解

照　片

一丛水草，绿得清凉
这片水中，布满时光雕出的柔美
最是中央那几丛白花
是黄昏娇嫩的少女
有着修长的脖颈
是让人沉迷的
水中的阿狄莉娜

心灵物语（四首）

山，是安静的

山，没有头发，没有眼睛，没有唇齿
没有动感，没有情绪，没有滑落的泪水

每天，在阳光里，跳过窗台
一眼望过去
它就在那里，那么静

雪，是纯粹的

坚守初心，所以永远是白色的
散落一地，谨守着隐秘的秩序
直到碎为花瓣，融化成水
棱角彻底湮灭
在那个脸庞冰霜的人脸上
融化为一滴热泪

云，是自在的

缠绕在山间了
用飘逸握手，用拥抱缠绵
在水之湄
在山之侧
在眼里
在心底

如同爱情
倏忽间出现
忽而飘走

树，是壮丽的

春天早就到了，可园丁还在家中取暖
出门需要戴着手套，因此，触摸不到这片树的温度
每天从树的身旁路过，看它们皲裂了几十年的疤痕
一直想
它们是怎么活着就沉入了梦的深渊
又是怎么在疼痛中醒过来的？

我在天路间行走

今夜，我想
你绝对能成为一道主流
在我不食烟火的俗世咽喉里温热
穿行而过，浇灭满腔虚火
再直抵前行，以血液为交换，用力脱胎换骨

沿途，触摸
一颗初心所能具有的虔诚跳动
为我平静异常的身体一世鼓舞
旅途流放，风站在石头上眺望
看见青藏雪的天光

我的眼神，变得明亮
千山万壑中，找寻一段天路
那个爬山涉水的身影，就是我
不听那些振聋发聩的声响
只关注神奇：逆境中的挣扎
那些被顽石倾轧的草木，被冬雪深埋的枯叶，还有
　缝隙里鹰的羽毛

都将是神的涅槃

天是天，路是路，所谓苦旅
徘徊久了，会产生欲念
天路，没有欲念，心灵畅达
它或许已经提醒过自己，活着的身体是上天的恩典

此刻，我要用体热孵化脚边的一颗鹰卵
慢慢感悟，这岁月，就是归途

格尔木文学丛书

GEERMU WENXUE CONGSHU

（第四辑）

第三卷

青年和他们的影子

就这样，很好（八首）

白　色

你们都累了
灯下只剩影子
这影子是我的，暗的
看得清略带卷发的发型
如弯曲的思想
这七年的每一天
就算起风，就算下雨
在生活中相依为命
因此，连聒噪也让人愉悦
灯灭了
还是能看清，一个白色的影子
蜷缩在被窝里睡去
雪花那样白
梦一样轻

交　流

从桥洞里救下它们

让它们得以从饥饿和风雨中脱身

那么瘦弱，那么小

像三个小小的词

它们在冷风中缩成一团

死亡正垂下它巨大的阴影

不远处，城市里车水马龙

但没人关注到它们

从洞口冲过来的它们的妈妈

竟然跪拜作揖，引人惊异

这跨物种的交流

比那么多人更真诚

耳　朵

尾巴蜷缩，眼神明亮

它们是最忠实的守护者

一岁零三个月的脑袋里

生长着试图读懂主人的小机灵

还没有褪去曾经的沧桑

你的眼中已有了温柔

动物世界中的长情者

若非一场缘分

它也许，此刻

还在经受着饿与冷

此时
它们又睡去了
就如它们会按时醒来
可爱的小伙伴们！我轻轻地
不惊扰，四只耳朵

对　话

白狗睡在男人的腿上
男人睡在皮沙发上
他们，相伴着生活
一日三餐，小憩，散步
如同家人

昨晚，狗和院子里的猫
在滑梯下捉迷藏
在一棵桂花树旁
男人静静地抽着烟
看着两个小小的动物
用肢体语言对话

春分的模样

你的一双黑眼睛，看着世界
粉色的鼻翼翕动着青涩的惊慌
白雪的毛色，被右边一束光照亮
小半盆狗粮，一条擦洗的小毛巾
和这个紫色的笼子，就是全部家当
春分的四只腿脚，比以前壮实多了
两只耳朵，似乎也大了
你的眼神如此安定
深处泊着一缕春风

挨紧你，很好

我流泪了
为了人类的离别
昨天还很欢快，很和睦
今天，风就有点冷漠了
吹向我的时候，头脑很清醒
眼睛，流泪了
你就这样坐在玻璃台子上看外面黑暗的风景
什么都还不知道
可能你有点纳闷，为什么？
我会同你并排看风景

那是什么样子啊，路灯疏离
如你漆黑的眼睛
无辜地看着我，我更加挨紧你
这样，很好

就这样

他，在一棵大杨树旁安静地坐着
软软的布椅子支撑起他高高的身影
一把铁水壶　一个绿饭盒　一个黄茶杯
停靠在地上
"丫头"白毛狗儿伏卧在椅子下
忠诚于主人的颓废

我回复着他"此刻有些臆想"之类的词
异想天开，意外之想
他用这种聊天方式来引诱我的眼神
让我从苦思冥想的样子中清醒过来
神情自然，眼光柔和

我倒回到他的截图照片
一汪干净的湖水荡漾着微澜
最抢眼的是，他的脖颈倚着一个鲜艳的靠枕
这些不乐观的状态

隐藏着风雨

再次看时，苍白的景色

依然有它的春意

在我从网络下线的过程中

天色已变阴沉

夕阳不见而风未起

我想刚才看到的一幕：

万物们

传承了季节里的更替

向着春天微笑

我的眼睛里有了你的目光

你把目光投注在我写了文字的纸上

我的纸张就有了力量

厚重的目光压住浅薄

不许汉字再张狂

其实，纸上除了白还是白

我的眼睛里却有了你的目光

我和你

希望每天都认真活着
上班，煮饭，安然睡觉
阳光好的时候就把自己放进茶里
高原雪菊，清香茉莉，粉红玫瑰，橙黄柠檬
这些美好的味道仿佛把我往春天的路上带
所以我一杯杯地喝下这些水
它们和谐纯净慢慢再生为绿草和花朵
每晚尽量在屋内橘黄色的灯下写一首诗歌
这人间美丑，同样值得铭刻

月光明亮。我有时会困顿于忧思
挣扎着，迷失着，摇摇欲坠
如果给你写一首诗，我不会赞美你
我要给你写几句关于我和你，关于理想的话题
告诉你浅薄和深度的区别
告诉你如何深度地进入生活的春天

我和一只鸟

立春后的第 45 天
特别像夏天
今天我在热烈的阳光下走路时
心思飘忽地想你了
我想要的春天
不需要过多的温暖

今天我不需要温暖
需要像冰山一样冷的温度
为什么会对温暖也充满警觉
这大概就是一只鸟的态度
不需要爱情
亦从不哭泣
受伤时，坚持自己的幻觉

你忧伤的背影

冬日在皴裂的土地上一点点行进
所有事物都变得陈旧

你的心被挟持了
又不放弃挣扎
空枝头上
飘下最后一片叶
只听见，心事纷坠
身后的小路就在那儿
寒冷而脆弱地蜿蜒着
幻想中一地野花

冬天令大家怀旧
结局便是自行伪装
像那些棉衣

手 镯

来自柳园以西的东陵石

被打磨成了手镯

昂贵的玉石手镯寻常可见

而我独爱它的裸色

指尖顺滑，惹人欢喜

摩挲把玩，专注凝视

我是在解读他山之石的寂寞

绿瓷杯

夕光在对面照拂老衣柜的油漆门
每天都一样——那莅临的一抹旧时光

与所有的垂暮相似
绿瓷杯，釉色黯淡了时间

梳着麻花辫的母亲
捧着簇新的绿瓷杯
在远去的时光里楚楚动人

她的淡然消解了岁月的悲伤
水作之女：娇媚中依然有传承的清愁

木 鱼

下午三点钟的阳光
在一场雪后重新出现
天空风冷，燕飞两只

淡妆的女子正薄施粉黛
准备出门
一首小诗拖住了她的脚步
随即端坐，执笔写诗
那支笔在纸间速记或暂停：
岁月泛黄
却不倦怠

四点钟的阳光照在她的手腕上
一颗黄色木鱼
系在腕间
游于红尘

三件老物件

一台老式缝纫机

被朴素的桌布装点

两把旧式铁椅子

盖着橘色的座套

三件老物件

被我宠着

从昨天开始，我坐在这里喝茶

从昨天开始，我坐在这里写诗

把滚烫的水冲进茉莉、菊花、乌龙

然后开始书写对旧事的感怀

于是父母、姐弟、盛世、杯盏

都涌入诗行

我等的都不是我的

那时候他们从身边走过，儒雅帅气

那时候一切事物那么清晰

却不在意这样的人间风景

我看见人群中的真情和假意

他们的甜言蜜语里，有隐秘的毒

而光，把他们环抱的那么紧

我只想奋力逃脱，只想假装无视

一个独立的女青年

应具有离开的勇气

迟到的微信

回忆将我带到十年前那个热情的戈壁
穿越在一个长长的崭新的走廊
我从你的身边经过
拖着沉重的行李箱
擦肩而过的瞬间，你爱上我清秀的脸庞与玲珑的身影

而现在，你发出了十年前本该发出的声音
我惊奇于十年后才收到这热烈的信件
这坚定的表白，是我颤抖的惊喜
而当你像从前一样
把它放到心里
那一句"想看你一眼"
听起来
不是爱情，是寂寞的心

人民公园

时代的门楣

用奋进装点敞开的心扉

眼睛，嗅觉，感知

词汇，表达

都是新鲜的

我用心找：泥土，草叶，树木

和人工湖，喷泉

以及上面我青年时代的印迹

当年，动物园对面有扇常开的窗户

时常露出一张苹果脸，咬着半个苹果

听到老虎、狮子的吼声而心花怒放

那个孩子，如今中年了，爱咬着苹果写诗

在诗里，把人民公园

写作八十年代"王"的篇章

0 度经线

今天，我为格林威治天文台守夜
等待正午太阳横穿之时
计算地球的标准时间
为此，我必须等候
擦亮十二格窗棂
打开白色木门
熬一夜，星光

早晨，我开始抒发告白
祝福年迈的老师安康，回忆刻板的小学教案
这时候，你在操场跑步，就如你少年的动荡
迎着光，我看到，西伯利亚的鹅毛大雪已落满老师的鬓发
午后，0 度经线自西向东越过 180 度
越过喜马拉雅的山巅　北极极点
穿行撒哈拉沙漠的暴雨
经过加纳寒流与西班牙暖流的相遇
到达时间墙
此时，太阳正横穿

这之前，他们告诉我，女孩的心是水做的
那个地理老师的心，宽广，没有波澜

地理老师

我和地理老师没有好好说过几句话

她很严厉，那时四十出头

一次她提问马六甲海峡位于哪里

我举手回答

得到表扬，鼓掌，内心浮起骄傲

太阳照我，戴上了很大光环

地理老师对我说：这是应知的，不要骄傲

老师的不苟言笑学校有名

没人看到过她的笑脸，听她说过和气的话

有的同学说她不是好老师

有的老师说她一直冷冰冰的

我才开始想别人的评论也不全对

后来我留意观察她，她活得很真实

后来我常想起她讲的地理课

讲板块学说，说我们位置区分的不对

讲国家首都，说我们张冠李戴

再后来我还是常想念那时的她

瘦瘦的，短发

严肃的表情也在脑海里存着
后来，她回了陕西老家
老师，请您一定要知道
那个表扬太小了，但它给予我向上的力量
有一个小学生
用很稚拙的文笔书写过您

纸　灯

一幅简笔的黑猫画挂在侧墙上
温顺，可爱
我总看见它，生出抚摸它的冲动
夜色之戒
是头顶这盏八年的灯

我导演了一场剪影模特秀
两个女友充当了一对情人
当她们走出卧室
水绿裙和黑西装
色彩魅惑

撤了黑布景
换了美衣裳
白餐布与冰红酒
影子三人行

灯灭了　抬头
短路了
七年之痒　还给纸灯
三十个脚趾头　蠢蠢欲动

新　衣

从那天起，女神的理想装满三个房间
从三个房间风风火火跑出来
又从外面的风雨里跑进去，一个中年女人
你不用在韩式衣服的口袋中藏起那枚中式的梅花胸针
只要听那跑出跑进的脚步声里发出的急切响动

女神，如果你还未穿起美丽的新衣
你那些少年的伤痛中
被沉淀的稚雅
会让野花生长在你成熟的房门旁
一切草絮也将化作上班路上的绿纽扣
静静地镶在
沾满落叶的高原大地上
无数个女神就各怀各的秋色
在高原的大地上像圆叶轻盈盈地落下

瑜　伽

午后的阳光贪婪
一群女儿们徜徉其中

她们还在前行
手掌与脚跟滑出波浪

但她们为何听信了神话
她们不是被封存在地宫里的花仙吗

哦……要赞美她们最富有的青春
使观众们最终变成她们很亲密的人

再说：她们将把对美人鱼的又一构想
从地中海的心里捧出送给高尚的雪山

女清洁工

"哗，哗，哗"
每日清晨细碎的声响
穿过玻璃窗敲响耳鼓
这纯粹的声音让人踏实

行人却并不在意
一个轻蔑的眼神落叶一般
女清洁工也不在意
只把那些朽烂的黄叶扫进垃圾箱

所有的自尊都是高尚的
犹如树枝上的一小片绿叶
在秋风中自在地
招摇

女孩的青春

虽然已虚度多年

我内心的青春依然摇曳

一个中年女人的内心，常住着一个青涩的女孩

内心的秘密

让我时时窃喜

陪朋友去理发

见证她返回青春

看到精灵女子

灰白的发丝，空净的眸子，微卷的波浪

假如还有嫉妒心

就是年轻的

荣耀的女人

渐变成

女孩

文艺的张力

阳光打着哈欠
秋天用风推了一下门
一屋子书卷气飘了出来

门彻底打开，女子以书掩面走了出来
她有知性美，短发旁别着一片四叶草

上楼的邻居腿脚慢了

合上门的时候
她侧目一副清秋的气韵
神情恬淡，有浓浓的书卷气

邻居走上楼去
今天，他没去喝酒打牌
已经安定了

事　实

我是写诗的女子
爱上了粗犷不羁的男子
但只有相让，不能争论
婚姻是两性锋芒的断章
没有胜负
都是短长

独　自

没有男人的家
在没有吵闹的房间
在没有网络的静地
是自由的身
去上班的马路
用常见的阳光
环绕过分清冷的面颊
拯救沉溺于昨日的心思

每一个房间都空空荡荡
把蓄满记忆的背包
用力抛开：
抛开是非的论辩
抛开女人的想念

急　切

不必非要十月圆满
你走过去就是一页书笺

写字的手有些抖
担心落下的笔
· 词不达意

已经做过近似于荒谬的决定
收获可以不计，时机
到哪里找回

空

已经在体验
在爱人与狗儿外出的长久里内守
天空寂寞
云彩浅淡

这时，高原上如若突降大雪
我就走不出煎熬的小屋

好在时间过半，你们正在天府的安逸里
喂鸡养鸭，兴致勃勃
想象得到
生活滋润，你们就可以暂时忘记我

可我没了你们，精神虚无
内心早已空了
我拿什么能让你们回转心切，听从召唤？

争　吵

他在凌晨四点钟躺到我的身边
轻手轻脚为我盖上棉被
我接受了这小小的慰藉

他轻声絮叨：
盖好，盖好，别感冒了
这就像空夜里的梵音
抚慰着困倦

那些琐碎的争吵和泪水
滑向心底的深处，聚起一汪泉水
此刻，泉眼——我的眼睛
止于漆黑的夜色
是印象梅雨潭般睡着的水

归　家

从八百公里外回家
身上的酸乏，让我沉入睡眠
又从梦中被抛出
笔直的公路穿过戈壁
荒芜写下荒芜
土包、远山、防沙带和废弃的房屋
生长出苍凉
被这辽阔的高原风
吹了一遍
又吹一遍

乡 祭

二十几个人在乡间小道上慢行，他们边走边看
这个春节，他们都从四方赶来
祭一祭亲人

乡间小路两边的花椒树飘出了清香
在简阳，在这早春深处的村庄里
田野让我们注视它的新绿
如同祖辈让我们注视内心的浮躁和空虚
也让我们深入二月的肃静
我们被思念伤害，也被思念佑护
这样的举动叫人欣慰
这么多的亲人何时还能聚在一起
这样的场景何时还存在
我每到节日都会想到那一天
当春天和忧伤同时赶到
我乐于被一次乡行如此占有

火 花

你在一辆车前唱歌
车在你身后闪烁
擦着地面的车轮飞溅出火花
流线型车身在飞驰
那双眼动人
笑声更迷人
一头棕榈色的发，爆出痛的余味高音
这气氛里的他们只顾听着花腔

绚烂的火花缭乱了冷静的情绪
车门打开，你弹奏着道具钢琴
晶莹的眼底散发火星的热量
你的身影和那火光并列升空
高高的高跟鞋踩碎一盏灯
奇妙的朋友说：看，火花

音　律

这一年的最后一夜
突然丢了疗愈迷惘的解药
前半夜的混沌
后半夜的失眠
让我颠簸在床和沙发之间

红豆奶茶甜腻了我的喉咙
我抱着棉枕藏起了叹息
楼前的车灯轻轻驶过

梦中的布鲁斯，快用声音融化我
听着这旋律的女人
突然发现外面下起了雪
大朵大朵的鹅绒低调柔软地绽放
正谱出一曲华丽的音律

续 曲

这个春节该不该见你
穿一款白纱裙和略微性感的黑衬衣
那几条鱼用七秒的记忆
摇头摆尾地短暂欢喜

你累了。屋里的灯光柔和地和鱼儿说着话
口含西梅果的女人沉湎于酸中的甜
或甜中的酸

平静的水面偶尔惊涛骇浪
让时间在水里走吧
彼此相望或者制造拥抱那都不是释怀的理由

谁不想来一场轰轰烈烈的恋爱啊——
今晚的爱情续曲水一样流淌

盲　从

当我开始对你有了一丝回想的气力
心思便在晚霞中和云一起说起
不论坐在公园的台阶前
还是走在热闹的人群里
我都会不停的想念
那不属于四季的流光到底是什么
钟声　教堂　音乐　雕像
买了布拉格自由画家的小油画
在因特拉肯小镇和皮亚琴察的村庄
荡起秋千

歌德　卡夫卡
凯旋门　市政厅　香榭丽舍大道
夜巴黎的华美
塞纳河畔的暗香
艾菲尔的钢铁艺术
维也纳伯爵的微笑
我陶醉地仰望阿尔卑斯山的曼妙
阳光让我流汗了

月光让我清醒了

当我开始惊叹历史的风云

故国王朝的纷争

辉煌家族的显赫

宫廷赤裸的奢靡

也开始学会欣赏长腿大叔、黑人帅哥的立体轮廓

并关注街边木椅上安坐的白发情侣

大多穿着碎花的长裙和翩翩的风衣

还有一整条街的咖啡"大排挡"

和他们膝上搭的米灰色薄毯

我为这样的风情意乱情迷

甚至留恋胡乱涂鸦的墙

风 行

秋风的脚步从窗外急急地走过
裹挟着那么多树叶
它们将去往何方
这结伴而行的苦旅
尽头在何处

那么多树叶
那么多树的足印
已被风清扫、湮灭

清　醒

我于今早变成一匹马儿
踢走叵测前途上的碎石
遗忘前尘中的爱侣
流下的泪水
被岁月酿成琼浆

马儿啊马儿，用蹄音吟唱一首慢歌
清浅，却不无病呻吟
月光俯照伤口
春天的夜晚，用春风压制疼痛

离开那些浮躁的热烈吧
携带着飞扬的鬃尾和嘶鸣
一起消失于三月

泊　雁

权谋腹黑之后，你一文不名

你倾家荡产

成为穷光蛋

你的情人，如何渴望办一场隆重的婚礼

你那颗衰老丑陋的心，它正看着你

碎一地，烂成泥

最后，究竟谁

能够救谁？

有人获得了神祇

死也带不走的，是泊雁深鸣

霞落晚川

疑　惑

那个超市营业员
逆光站着
比以往还要自信
点钞的手指更加灵巧
一边慢慢说话，一边对我笑

她如此优雅温和
高发髻，大眼睛，蓝工服
这一切都是旧的
她的笑意如晨曦，是新的

你与我

从某一天开始
你懦弱到让我吃惊
我从那时起，开始迷失自己

我不愿无谓牺牲情感
却一直如此
我剪了短发，泡上一杯苦茶

我想，我该像杯中水一样包容一片茶的苦与涩
经年日深，学会平静
做一片在他身边漂浮过的云
做他沿途上的一片落叶、一枚飞花、一粒寒雪
这样，不相逢，无别离
只做镜像

错失春天

——写在 2022 年 3 月

不用多大力气
春天，一样轻巧地走来
让旧的灵魂活过来

任何一个春天
都能让我向往返青的生活
吃好三餐，关心健康
关心万物细小的疼痛
需要怎样的善待
才能配得上我们的爱？

2022 年的春天，请先否定春天
它没花力气平息战火
否定飞机的坠落
否定漫山遍野的呼号
否定那句这个世界不要俺了的话语

最终否定我自己

在充满伤感的三月里陷入爱的慌张

我是沦陷的

不能挺身而出

就像辜负了整个春天

冥想·欢唱

——写在庚子年春

直到今天

立春时节

我还是忐忑

因为昨夜的梦境呈现一条山路

有陡坡，多坑洼

漫天风雪冰冻了那条路

赶路人扶住枯藤，穿过森林

白雪上布满乌鸦黑色的叫声

他们惊喜地嗅到了山风里的气息

用沾满山乡泥泞沉重的脚

踏出一串颤抖着大地音符的印记

那是才谱成的鸟兽的曲

几只倒挂着的蝙蝠

颠倒了黑夜与白天

它们的梦里都是月光下树叶和夜风的合唱

蝙蝠侠白日的眼睛看不见阳光从洞口传递来的亮

听到一些寻常人贪婪的喘息声

落到土地里的血液
在泥土里成为种子
让耕地者收获，让食五谷者健康

渐渐地，不是那夜月光的安详
不是山风理智的气息
也没有和血液一样扇动的黑色翅膀
要制止人之口，止痛仁之心
于痛过后
得来永远清醒
永远敬畏自然
永远热泪盈眶

而这样的成长，就像是人心与月光同样清凉
就像是青年与草木竟春晖
就像是天地与生物同安生

愿余生不设防，与尔欢唱

格尔木文学丛书

GEERMU WENXUE CONGSHU

（第四辑）

第四卷

镜　像

公园长廊上的鸽子

一定是，远道而来
风尘仆仆却不改翅羽洁白
掠过的春风
在古色古香的长廊瓦檐上小憩

怀抱书信，绕梁歌唱
把春风读给那些还打着骨朵的花朵听
在湖水、马兰花、人群的头顶翩然而飞

环形的公园里
你用白色的羽翅
让醒来的事物都生出了
飞翔之心

拐角处

迂回了十八次
得到了一个答案
天亮到天暗
脚底沾满了松软的泥土
走着走着
走成了充满思想的小路

杂志封面

一条白纱裙
以准备飞翔的姿态
招展于蓝天下

女子，背对欣赏她的人
伸展双臂，曲线蜿蜒
都来自美感的力

乌黑的发髻朝向前方的天际
不止于，极简主义
不止于，诗
向上，向上
上面是壮硕的太阳
和轻盈的白云
女子，站成一种想象

门　前

我做着与往常并无异样的事情
写几段文字，喝两杯白水
想一想该完成的工作，调节一下目前的心情
门前的梨树可以作证，我有多认真

节日的鞭炮声都未能激发出我的热情
生活里遵守作息规律，迎来送往翻过日历
一日三餐，洗菜做饭，打扫卫生
看一看书，记一记日志
每个房间可以作证，我有多认真

只是保持了和平日里一样的平静
只是做了与平日里一样的事情
这个春日，我一如往日般坐在门前
并不觉台阶的冰冷
那棵沉默的梨树
就要开口说话

玻璃窗

玻璃窗沾满了泥点
那场很大的秋雨足足下了三个小时后
那截矮墙
似乎不再灰头土脸了

赴约
友人清瘦有余，却充满着幸福感与知足心
一件红毛衣透露出她的好心情

生活很简单，幸福很容易
不挑剔的两个人很晚遇见很快闪婚
男人健硕，健谈
女人乖巧，善良
我在一旁想起与她共度的一段岁月一些趣事

我们都不想曾经有过的伤感
只想起许多美好许多平凡事
玻璃窗平静
没有悲欢

三寸空间

头顶的牛眼灯斜照

稻穗，麦子和绢纱

这三寸墙面里的延展画

拥有各自的光芒

一屋子都亮了

在没有阳光雨露的土地

几十根红花蕾、黄枝桠、白茎子陷入旧梦

努力重新活过来

而你们一再发现，所有想法都是徒劳的

依偎而立的岁月

已叫不回脆弱的芽叶

一顶凤冠，一件霞帔

两面玻璃，两面瘦瘦的白墙

为结婚的新房做嫁妆

忐忑与未知，藏于暖被下

浮 云

透过车窗

我看见，有一片云彩

像我的脸

我开心它就笑了

我难过它就哭了

云彩变幻

那张脸变成了一条向地面俯冲的飞鱼

忽而又变成了一对相望的恋人

两个人无比靠近

终在天空吻别

在大海面前失语

从北方大陆到达南海
瞬间，深蓝色的诗笺
在眼前铺展

写下喧嚣
也写下平静
在天地间摇曳，晃动

大海高一声低一声
独自吟唱着
并不顾及他人
那个想放声高歌的人
已在大海面前失语

新年路上

穿行于长夜
用脚丈量的前路

我背负着星光的翅膀

携希望和梦想，裹彩衣和蜜糖

有尊荣的恩宠

想象飞翔

一直走，用眼睛，用耳朵，还有一支拐杖

成全前半世的倔强

仍然前行，有时歌唱

风打我的脸，尘土脏了衣裳

仰望温暖云彩的力量

扮一个假行僧，走向绚丽的花房

马路上的少年

马路上孩子们的笑声嘈杂
穿透玻璃窗
击碎一个人安享的寂静
惹人生厌

那一片笑闹声如同涟漪
不断扩大着它的面积
忽有春风吹来
直至吹开我的眼睛
抬起脸，看见几个明媚的少年
在追赶春天

城市地铁

背对阳光

从熟谙中脱身

在陌生的地下

奔跑，穿行

和一群木然的面孔擦肩而过

日子久了，也能诵读，歌唱

每张脸都是一页未读之书

气流掀动，来自地面的风

张开潮湿的手指

黄昏到黎明，谁谈着地下爱情

车来车往，动之以情

冬天的棉衣，夏天的汗滴

连夜钉缝，密密匝匝

椅背，把手，黑暗隧道

沉闷的地下孔洞中，读一页古书籍

半　杯

一片海在七年中停止变化
连喧嚣的波涛都已止息
一个人在痛痒中自我怀疑

未听涛声，不释风浪
未听良语，不释胸怀
半杯子里满是海
卿入传记，文字醒来

孤　楼

被河沙围困，一座孤楼

残喘活着，除了海水咆哮，滩涂日晒

除了闪电雷鸣，汩汩水声

在炉子里淬炼的钢铁

窑里烧红的灰砖，甚至，独立如鹤，屋檐泣泪

都有猝不及防的轰然崩塌

日落下

一座孤楼中冷冷的地表

可照进满天星光

母亲的声音

是母亲唤我的声音
还是落难的唐朝公主等着救助
明媚的发髻
插着海棠花的步摇
时空，是经不起折旧的暮光

一声雷
梦里我听到，有人摔倒了

天机改变了她们的情绪
无论母亲和公主
她们懂得了：人间，有一天会是启晨的日子
这一天，我的全部身心回来
早早就站在太阳的光辉里
成为一粒隐藏的黑子
这时，我听见母亲又在唤我：女儿

在碟子碎裂的刹那想到比萨斜塔

无声。其他的一切东西
安于静默
它们装作没听到
刚刚被五个手指失手制造出的断裂声
是啊……房间所用的陈旧的木料砖石

是不是所有的圆满都怀抱着残缺
是不是丢弃中都含着不舍
是不是不可以抛掉的已然抛掉
而我为什么就轻易
做了一个破坏者　把精美亲手碎裂
我的"pisa"
不能为你哭泣也不能埋葬了你
只能怀着碟子的淡紫色忧伤，凄美想你

在高原的公交车里想着梵高

公交车的乘客

有几个人正在计划着伟大的构想

这些人里，有没有和梵高那样的

抽象派艺术工作者

有没有涂抹太阳的人被忽略

在这平凡的群像里

谁将窗外的一簇簇黄花绘制成

笔下的向日葵

将暗哑的夜空描绘成璀璨的圣殿

用火焰画下倔强的眼神，蓬勃的须发

那是他的《自画像》

在高原，在这辆普通的公交车里

有没有人，和我一样

接受了一支来自荷兰画笔的

照耀

薄雾后的那颗星

让一切浑沌，朦胧
便增添了虚幻之美

纸张与字迹，白色与黑色混乱的冲撞
产生那颗星
让我清醒如初
执笔的认真模样自有其光芒

那张白纸
是一场多么辽阔的薄雾啊
总有一颗星
穿透薄雾
灼灼其光

为沉默者书

所有的

山梁，树木，屋脊，大厦

以及站着的人

都在纸上

集齐黑色的背影

已在谈及光芒

那些平川，江河，土壤除外

它们躺着，沉默

却崇高

红 灯

高楼顶端的灯
孤独地闪烁
暗红的光
为那一只只飞翔的鸟
指路

天上的街市，红灯如影随形
地球影像，高调书写掌灯记

一座大山有着爱的形状

这大山厚重的剪影
是一个心的形状
有两瓣心房
红色血液，褐色皮囊

这象形的爱意
是上天秉持着斧子
劈出的示爱的心脏

铁轨的寂寞

巨大的手臂
拥抱着远方
暴晒在阳光下
以坚强的忍耐力抗拒荒芜

看不到它的首尾
你看到的，只有它纤细的腰身
石头的枕木，贴近大地的心跳
那些和远方相关的梦想
被坚固的螺栓托起

没有火车经过时
铁轨是寂寞的
火车经过时
那咣当咣当的声响
是铁轨热烈的歌

车过湟源

黄的，绿的，全是树

站成排，在平地，在山坡

接受阳光的检阅

火车驶出隧道

一整片村落就亮了起来

牛羊低头吃草

稼禾结出籽粒

列车上的诗人躲过耀眼的阳光

在车窗前

她领受了一方大地

给予她的恬静与安然

就坐在石头上

秋风吹送。不想添衣裳
愁思百结的人，对着一汪湖水就能开悟几件恼人的事
石头和男人一样，坚硬倔强
湖水泛起波澜，他们还在守着一颗平静的心
我就坐在石头上，棱角分明的物什
比家里的沙发小，比坐的板凳大

抱怨多了，不顶用。
心像一面镜子，破裂的缝
把人分成两面

惆怅的眼睛，含着清早采集的露水
杨树自豪，用钻天的劲头继续展示高尚
不似娇媚的湖水一波一波送着秋意
等待冬天结成冰凌

路过你的世界

用一双匆匆的脚慢行

直到床前白白的月光

照亮了屋子和一个人的脸庞

从眉毛到嘴角是高尚的轮廓

我这样真实记录：你在回忆里爱我，本安静如初

奈何夜遗落下黑宝石叮当作响

彩色的梦在书房里制造感伤荆棘

爱人与仇人，对战与修行，同在

你是电子产品的忠实奴仆

构建自己的宇宙

以黑色之剑问天所向

方格键盘盘踞四面领土把持异世大陆

冷峻的病毒蚀骨颤心从头到脚

五指琴魔弹奏游戏神曲

忐忑女王登台再造辉煌

VIP 温暖治愈被刺之伤

倒地而起的身体迷影瘦脚

留在末日的机密
让你迷醉而慌张
轻痞男女
成为锦衣的皇帝和光脚的女王

路过——你的世界和我不一样，那就让我和白月光一样

南湖公社的院子

为赶赴与一所院子的约会
经过了玄奘取经的纪念址
阳关景区的入口
以及世界微缩景观的门外
而不入
那个古朴村口的门牌
比一些热闹的地点更有引力
道路两旁的杨树，有的上了年纪
是那些一圈圈的旧痕
让我认出了它们
那是年轻的妈妈们为孩子晾晒被子的印证
铁丝把它们勒出了伤

南湖公社的院子，砖砌得一模一样
连门前的杨树，野花，草丛都一样
除尘，洒水，板凳，茶杯
院子还和当初一样，顶着太阳，吹着南风
对面是公社食堂，宣传栏上有水锈印
除了屋后的水井房成了杂草、枣树的闺房

还有南边的湖被外地商人包作钓鱼塘
其余，
还和当初一样
这个院子
通向平整的大土炕

壤口驿站

开门
见山
一幅画

壤口驿站的早晨
阳光把绿山，草地
以及经幡
抚摸了一遍
手指沾上露珠及五色
惹得男人，女人，白狗
无比留恋
藏羌之乡

关于一座小村落的咏叹调

你的行动止于一株玫瑰的花茎前
那花茎的细茸毛犹如眼神
看的是远远的阿尔卑斯山
它们觉得那才是纯洁高尚之所在
而你却心疼着花蕊，蜷缩起狂爱的心脏
哪怕离它只有一只手掌的距离，都不舍去触摸

你没有吃晚餐
没有像其他人一样，在小餐馆要一杯咖啡，两片黑面包
谈天说地
只不过就在小客房里慢慢想家，想这儿的风景
第二天早晨，你第一个醒来，来不及洗脸、梳头
在雪山上飘来的凉幽潮润的气雾里
与窗下的九头梅花鹿说起了别人听不懂的话：
今天，是我前生美丽的回望
我歌唱漫山的绿草
后生将注定成为你脖颈下带"十"字的鹿铃
这个小村落，叫皮亚琴察

167

某个外在的理想或愿景

许久以来，我都在舍弃

舍弃如"进化论"式的社会想象

自信地，把悬在精神高枝的乡愁取下

粘贴在纸张的某处

这种载体和真实可能是唯一的

却不是只有黄金的心

才能被欲火焚烧而无畏生存

静下来，静下来，用笔写给

理想的树叶，还有愿景的根基

也就有了切实的修炼

别想结果，会令人纯粹

期待这个年龄里，很好看的样子

烽火台

远远看着的时候
就已经感到了你的悲痛和孤独
古人用草和泥堆砌成的建筑物
在敦煌沙漠的地表
成为新时代的地标

怕多数少年和少数成人激情攀越
盗走你诚实的老观念
历史还在，烽火台
却被一圈铁质的栅栏围着
无门，无窗
直到沙尘暴来袭，吹开这页史书
我才理解：凭借一杆长矛
守住，隋唐和时间的关隘

芒　种

夏日火热
如农民急迫抢收的情绪
手指抚过的麦穗
颗颗饱满

稻田里
一些蜗牛沉寂了一整个春天后
钻出重重的壳
静静地吸水，等着看农人播种谷、藜、稷
此时，硕大的太阳正在到达的路上

追问爱情的我（三首）

云的上端

遇见你以前，

我相信爱情，就像十七岁的少女相信初心

现在我相信爱情

就像十七岁的少女相信命运

我的向往一如往日

但呈现得更顺遂更纯然

看向天空看到黑云

无法与你走在傍晚的路上，我看到的杨树更孤独

站在树旁

我看得更清晰，

你不曾让生活缺少应给予我的物质，

你不曾脱离生活里我的影子，

你使生活更结实地捆绑住我

想念以前的我们

那片荒芜的戈壁，今天是盛夏

我想起了以前的日子，那时你是热情的
应该，必定也是爱我的
而我是纯粹的，毫无杂念的

一场盛大的风暴穿过广阔的孤寂向我们突袭
我靠着你的肩膀，躲着，躲着。我们那时很满足

今天我想念那段日子，会留下泪
我想和你一起穿过那片硬土，感知脚下每寸疼痛

我将自己变得无畏

我开始了另一种心境的生活
以前，在生活里，我的感觉与洞察力是敏锐的
而现在变得麻木和迟钝
因为活着使我遭受束缚与围困
他，就是捆绑我的人
我无力脱逃，心有不甘
每天相对，我不知道如何对待捆绑我的人
那些沉默阴沉的绳索
让我麻木
也让我无畏

格尔木文学丛书

GEERMU WENXUE CONGSHU

（第四辑）

第五卷

那些花儿

葡萄架

新入列的士兵
整齐划一的队形
在水泥柱子搭成的衣架子上
着绿色的网格衫
昂首挺胸，绝不低头
抵御沙漠之夏
在时间的熔炉里
结出青色，紫色，绛色的果实
静待人民来检阅

南京街头的蔷薇墙

春日暖阳
语调柔和
讲述粉红纯白
颐和路上
民国建筑群
一张婚纱照
吹进老院墙
用风华解封"所罗门"的咒语

橡皮树和月季花

细长的手指全部用力张开
弯曲，骨节突兀
这棵其实不高的橡皮树
把它旁边的瘦弱月季拢住
在这块干涩的土壤上
它们与稀疏的几丛草做邻居
除了与枝条做成的手指一样，努力向上伸长筋络
橡皮树油亮的大叶片
成功地为矮月季粉红的花蕊
遮挡六月的艳阳
夜晚寂静
每瓣月光都清凉

兰花草

坐在桌前，直到挺直腰杆
才能和你平视
不说话
只静静地互相凝视

去年秋分，搬至我家，养在卧室
叶片墨绿，葳蕤生长
仿佛一种表达

青青绿襟
带着骨气
始终坚韧
于是了解你的积极向上

已近一年，情义永长
君子之交，原来如此
见紫铃铛般的花簇
才知优雅像我，素锦如你

观音莲

十几朵褐绿的莲张开丰腴的美
透着光亮

高雅　细腻　葱绿
一枝高过一枝地开放
蓬蓬勃勃
盘根绕藤，那斑驳粗糙的根茎
裹足泥中

母亲的手躲不开我的疑问
她为莲浇水　松土　束带于腰际
怎么那手与莲之茎叶　竟几分相似
有岁月的味道
观音普度　莲不孤

丁 香

开始发散淡紫色的思维，不停顿

小朵小朵密集地排列

簇拥着取暖，紧紧地依恋

假如，把探寻香气当作一道数学题

解答公式教授反复强调过：

微分逻辑

芍 药

小的时候把你当作伙伴
后来把你看成邻居
像一个朋友变成了邻居
握住一样的手
早晨是相见，傍晚是难舍
狭长的叶泾渭分明
园丁精细周到地养
湿水的土壤掺杂砂粒，均匀平整
只有看的人仔细，检验着她的真心

其实，你还是不及一个孩子高
只能站在土里坚定五月的信心
而一夜星空
用每一个灯盏，护卫每一朵
被时间驱赶的情花

残　梅

窗框中斜插着的刺梅花
朵朵媚笑，在美人腮边淡雅
遥想这已是六月的往事
一道光，一条缝，一分钟

窗外的风雨报告残梅的命运
有个声音在黑夜里叮咛：
"你那花瓶里的水竹也变了样：
翠绿的尸体，谁给收？"

红槐花

从你面前路过的时候，除了干枝
一片白雪都没有
等到你用高原红秘制了胭脂
涂抹了春天
一场落日的胭脂雪就褪去了衣裳
落入瑶池
世界红了

野黄花

这一片绵密的花
在绿毯一样的草地上
露出金黄的头
第一个，伸展懒腰
挺直脊梁
在苦苦菜的护佑下
肩并肩排列成行
——那明亮的
黄金的灯盏

那些白色的野花

我走过去的时候没有看到你们
走回来的时候你们没有睁开眼睛
像讲故事的人就要张开纯洁的嘴巴
你们欲开未开
如设置的悬念

柳 树

想念父母亲的痛纠缠不休
度过星期五以后逐天疯狂
但是，夏天的照片不在身边
白色的U盘丢失了想念
寻找未果。神伤。
焦虑在房间蔓延

窗外的高原
又冷又硬的虬枝上已添新绿
雀歌声声？展翅飞来飞去
去向何处？立于枝头，与柳芽说话
又念及父母亲
就摊开日记本，找到笔，专注于纸

泉思似已到来
苛求着要写下的文字
我寻觅我，我分裂我，我所在意的想念
终究抵不过柳叶攀上高枝发出的炫耀
多想做自己的依靠：我又怎么能不是一株柳树？

矮　树

公园里的矮树，没有我高
下肢像笔杆，上身很丰满
对于高树
它们不仰望
对于小草
它们常俯看
它们只有高个子的理想

两棵树

这两棵树

在一片树林间相邻

细细的腰肢，蓬松的发丝

像一对，相望彼此美好的，年轻的姐妹

绿叶像隐在发丝中的两副青饰

环绕着玫瑰色花瓣的面容

起风了，枝叶婆娑

它们在小声说着悄悄话

树下的苜蓿草

一直不被重视
兔子吃过
龙猫尝过
柳树下一张绵密的毯子
每天用三颗心的感应
拼命寻找
十万分之一的
四叶草

格尔木文学丛书

GEERMU WENXUE CONGSHU

（第四辑）

第六卷

一切与水有关

听说水

捧一汪水

像望见我纯净心灵在污浊尚未到来前的渴求

以口尝试，只会使舌底泛舟

舌底泛舟呵，只会使呜咽的嗓音鼓动

吞下几滴唾液抵达心房

让血液稀释让脉搏颤动愉悦

让脸庞慢慢远离十月的水面

因此，还是把我的简单安置在我的心里

那里有半生流过的水印和未来的曲径

有人用给予我的恩泽说唱正义

唇齿之间来来去去，用修辞之桨

搅动静水，泛舟的开始

不及塞纳河阑珊的夜晚正在表达的情义

哪里还有如我一样的人？像一捧清水映照心灵的纯粹

我有半生的时光和几页纸张期待的命理呵

喝一口水低头看，那是什么——

看见星河璀璨，

光明泛舟

水在歌唱

水想说什么，我不懂

只记得我要赶路

不乘船，不走水路

我开始走路，把包袱背好

让眼睛在夜里像火把

照亮黑夜的女儿，和她的眼眶

我也把路灯点亮发出更亮的光

还在肩膀上站立一片月光

夜行的火车偶然的星光

从背包里掏出一杯水，一块饼干

它们像一些道具

让我使出浑身的力气好好走下去

我听见了秋天最后一只布谷鸟的鸣唱

渴了，接着喝水

并用水洗净我风尘仆仆的脸

水洒在地上，不知疼痛和疼痛的伤怀

敞着心房歌唱足迹

水木年华

最大的水滴，也浇灌不活一棵将死的树
哪怕树对水的情感十分深厚
树因此仰视天空，相望云朵
云朵以雨慰藉，常与风交换承诺
十年之后，它们是彼此最依赖的耳朵，最低调的嗓子
水调歌头，木成晚舟

溪　水

很久了，眼中再无潮汐
每只眼睛充满渴望
再好的梅子也不能止渴，直到雨水倾盆
广阔、冰凉而突然持续长久

流向何处？汇聚成波纹一般的思路
独一无二，在干涩枯槁或者唇裂齿亡的土石中
勇敢向前流动。我把身心放了进去
仿佛急待补充的血液
这是一个激活的方式

开始写字，呈现思想，流淌新意
阻力的威严已不惧怕
拼尽气力向前，向前
手背不干了，皮肤潮湿了，心肺律动发生变化
我抛弃我，我埋葬我，我所能行的实践
我本不准备进行的抗争已从早晨开始
已涓涓细长：我宁可不为湖河而为溪水

雨

一整夜的撕裂后
天空突然纵情地哭
窗檐边的滴答声
响满了全部清晨

树叶们冻得瑟缩抱团
花儿们掩起幸福脸面
鱼儿们沉在水底放弃游泳
人们在伞下低声私语

安静的人，在窗前看这幕风景

雪

雪，牢牢地站在墙上
紧贴着树枝垂下的肩膀
由远及近，吱吱吱吱地踩踏声
是雪不屈地尖叫
踩雪人看着。灵魂不惧对冰冷的想象
身旁的一根根木桩盖着雪
以不输森林的气场站成褐色与白色的梦想
天黑的时候，有人提着热情的灯笼
兴致盎然地赏雪
墙，和树枝，正互诉衷肠。

雪的苍凉

格尔木河，勇毅前行，不舍昼夜
上天制造苍凉
一片石头的光亮
一岸树木的集体哀悼
由四月里逆行的雪轰然击倒

我不愿看到灰的雪
坠落在河的一边
不愿看到春天的雪暴怒倾斜
春天的遭遇我不再唾弃冷待
却有人依桥远望
正为我做着彼时逃离的引渡

四月之雪

北方，我的寒凉丰足的傍晚

一场雪悄然出现

一扇橱窗的冰冻

一对目光的惊异

或者一个主妇的亦喜亦忧

被过往美好的蜜语当做私密一样说出

我纯洁无污的雪

下在没有准备画笔的春天

没有办法以羽毛画你　没有办法以花的姿态画你

更没有在疾风中画你的勇气

也不能像赞美春光一样诵读你

只能听你的声音发抖在我苍白的额头

无法爱你，恋你，但记住了你

这个秘密在我心里

天亮后我到路上行走

希望能找着你的泪痕及其白的颜色

攀　越

四月到来，昆仑山的雪一点点退去
高地的族裔，穿上了攀越者的圣衣

有人沿崎岖而上，头顶白云
有人行光洁之道，顺风顺水

昆仑是西昆仑，无问南北
白雪持续融化，向着远方迈出脚步

如若挑战极限胜利
羚羊也会保持足够的自信

光　景

此时我的眼前是一种何样光景

枯木颓倒，伏睡于它的根前

没有穿衣裳

把布帛铺满一床

再饱蘸雨水

写下诗行

因此，树林知道了，天空知道了，父兄姊妹就知道了

那么一个人还能睡多久

才不被枯木纠缠成暗褐的光景

寂　寞

鱼儿睡觉时

也睁着美丽的眼睛

寂寞　干净　没有内容

每一天都冷艳地证明寂寞是美丽的

笑的时候没有欢乐

哭泣的时候没有眼泪

相信的时候没有诺言

每一夜都怯怯地守着脆薄的梦

你们都有很美的腰线

游弋于波澜

鳞片闪着亮光

在无边的寂寞海中沉潜，浮游

天空才被昨夜的水洗过

蓝色的天空一片透彻

我并不想寻找什么

我只是寂寞

分　别

一辆车，四个人，和许多物品
把我的情感带走了
每一个都是亲切的，都是亲人

在这世界上活过的四十多年岁月
一张张泪湿的纸巾上
每一滴清泪都流向远方

风再热烈
无关欢喜
始终涌动
思念的暗潮

留不住，还是流走了
背景里，一只老年的手
朝着我，和身旁的杨树
挥了挥

恢　复

一次次按下内心的汹涌
对自己笑
把无声无息的泪水
交给一块温润的手帕

向世界微笑
世界也会还以笑的回眸
躺平也是一种恢复
重新醒来像鱼儿入海
重新游曳划水
像杨树和梧桐
不在一个故乡生长
他们的家却在同一土壤
变成了安心睡去的方寸天堂

独　白

无法描述好与不好
我的左心房跳得快，右心房跳得慢

我有热情，从来不激动
我有脾气，从来不爆发
我有一辈子的三江源水，却湿润不到我
我扔掉了衣柜里不再喜欢的短裙，丝巾，腰带
我扔掉了身上的坏
但是我奄奄一息
我是我的医生，治我的病
我是我的狱官，禁我于内心的囚牢

想想我的俗心
当我注意到它的时候，惊异于诞生，完成的过程
许多文字闪烁着光，水，昆仑，沙，菊花
我怀疑前40年的头脑聪慧无比
对现在的自己遗忘放弃。我怀疑我仅有纯真的情感
过去，是可以轻视物质的，坚守朴素、孤独
被积累的学识滋养
如今，我掩于唇齿：我真的对它们
爱得不够

苍茫曲（四首）

山

走得不远，也想要瘦藤扶
但无木
荒芜，限制了想象
跋涉两个字严重缺氧
脉络清晰，骨骼坚硬
就是气血不那么流畅
格桑花顽强，雪莲独自冰清玉洁
昆仑山站在阳光与风雪中
不迎
不拒

水

干涸的河床上
找不到完整的一滴眼泪
砂石渴慕着
用信念等一场滂沱之雨

以及一场大雪
用莹润的水滴串起水晶的情书

风

求了你多少次，也不把我带走
这样一程山水，你要牢牢看顾？
你要驻守在大山，驻守在荒漠戈壁？
执拗。是你用颗颗石子铺陈的脾性
苍黄。是一场沙尘暴涂抹的颜色
莽莽野地，荒芜得恍惚
且不论山水
你，还不把我带走？

云

云是空的
用眼睛看不到形体
铺展在浩瀚的天空
不用找到撒野的身子
最多，是灵魂飞舞
最多，是游丝
其实，一出西游记
就可以把每一缕飘零，都带入佛龛
归位

拿铁咖啡

两杯拿铁以三株草和一片叶的姿态跃然
我们互换的前提是，三株草更细腻和深纵
我有一丝惊讶并认同
苦，加糖，喝第一口
意大利产品和两个长发女人捆绑在一起
没有红唇的约会旷日持久
从晚八点高峰至人稀杯空

春天的梦

夏天之前的夜
我没有想念任何一个人
在白色睡衣的催眠下
躺进玫瑰花瓣簇拥的温暖里
很快做了一个叫春天的梦

一盏长辈送的太阳花夜灯
一直这样陪着贪睡而常惊起的我
一个掌灯的人说了一句话
今夜有雨

迟到的春雨找不到家
找不到床边开的那朵花
就浇灌在窗前的柳树上
滴滴答答　滴滴答答

那个掌灯的人说
今夜，并无雷
只有凉薄的花蕊

惊　雷

听到的人们开始仰望天空
许多安静者变成思想家
这盲从的思想
是突然的，热烈奔放的
统一在具有奋进步伐的立秋时刻
因此，秋天的童话里多了些矮子

出门散步，有氧运动
轰隆隆的童话韵脚
走向肖邦的交响
硬生生的，服从于艺术这根脑干细胞
从仰望，到想象，到情愿
最后，止步于一场秋日思雨

黄昏降雨

飞机一架架飞过
从发光的云彩旁
带走一些光
灰色机翼有了光环

我便一直看秋天，看到光从西山那边来
直到一群赶路的燕子
用黑色的翅膀，扇出欲望的活力
扰乱了迷惑的光感

留恋这段截图的人
由此忽略了它们的预告
还在按图索骥光的合集
一心一意和天色同框
倏然，雨下
黄昏末梢的云彩，变作昏黄
迷蒙满天，飞机不过

雪花蜜语

夜。白手帕哭泣后，天，静了。

泪珠儿。撒了欢，掏空了心一样飘白。

去人间。一场梦，雪花白，最洒脱了然。

发如雪。粉墨登场。媚俗了京剧秦腔黄梅戏。

无声。我不在半空，你没有歌唱。晓风无言。

飘摇。我踩着快乐的滑板，唱着歌走了；你留在人群的中间，
　心就真痛了。

遗落。我成了沾上白手帕的一颗璀璨的，水滴珠子；你成了
　这一场花间喜事的，分享幸福的伴娘。

从前。我有白色纯洁的蚕桑，你有柔软坚贞的丝缎。

现在。我在白手帕的怀抱里，静静躺好，慢慢晾干；你在黑
　眼睛的视线里，慢慢起身，款款经过。

睡了。我干成白手帕上的一块水印，你笑成黑眼睛里的一抹
　柔情。

醒了。我转身的影子，是蓝丝绒下的优雅；你无邪的面孔，
　是白棉布上的微瑕。

可能。我感觉累了，你发现老了。

所以。那片天空没有了我的歌声，那片草地没有了你的舞姿。

互换。我追赶天地的风潮，你呼吸迷离的气息；我装成伴娘；

你落成水滴。

滑翔。我落到一棵柳树的一片枯叶上，你飘到一片天空的一朵
　　云彩上。

时光。我融化在叶的褐红经络里，你浮现在云的灰白眼眸里。

想起。那些撒了欢的泪珠儿，它们去哪儿了？这些发如雪的枯
　　柳枝，它们该如何润泽？

原来。我就是最后那一个恍然顿悟的傻瓜，你就是最后那一滴
　　遇水成花的精灵。

归零。我就把遗落当作天赐的宠爱，就把你蜕变作冬晨的夜宴。

梦里。风来，"哗，哗"，我的身体随叶儿，盘旋到树的脚下。

夜魅。雪之舞，欲罢，不能，纷飞。

天，要晴朗了。我拼尽最后的力气想着。

心，那些慌张逃了。住进了一个欢喜的女孩。

雪说，"可惜你遇见我的时候，不是我一生中最好的年华"。

花说，"难道遇见你的时候，不是我一生中最好的年华"？

浪漫，在这场丰年喜事里不用虚言。

比珍珠贵气，比水晶天然。

懂浪漫的人，都是沾上白手帕的一颗水滴珠子。

你若离开，他便心痛。

喃语如梦令。后世说雪。雪花蜜上我的唇。

一片，一片，惊起不死的浪漫。

雨之河

很多个夜都下起了一样的雨。

醒来，是雨之河。

我看不清窗外绿柳的婀娜，

看不清昆仑山的青黛，

看不清了昨日才开的葵花，

却在此刻看清了你，突如其来的澎湃。

冰冷的雨，用透明的外衣包裹着青春的童话，

慢慢潮湿了心，清晨流成了河。

雨，像云端漫下的河流，让热情的大地变得冷静。

从每一座山的最高处，飞泻而下，流淌成一片山下的河。

雨，像屋顶飞落的眼泪，让躁动的人群变得淡定。

从每一栋楼的最高处，飞泻而下，流淌成一片屋下的河。

雨，打湿了我栽种的金达莱，没过了风吹得很白的你的脚，
　沾上了她洒脱的青布包。

雨，湿了我们的笑脸，也湿了我们的话语，我们为了躲雨奔
　跑跳跃，风雨在歌唱，阳光在哪里。

雨，洒上匆匆躲闪的身影，私家车飞驰而过，享受领跑城市
　的节奏。

这座城，在高原。

我在雨之河，你为河起舞。

后 记

说尽世间繁华，不一定只有诗歌。

但以内秀、外雅之气环抱人情和心志的载体，大抵还是诗歌更加能宽解和包容。

写诗，写想要写的好诗，是我从年少时期到现在一直在做的事。尽管其间搁置过、对自己失望过，但幸而没有放弃，就算在内心对自己独白过的孤独和怅惘，也都被当作了诗，读给自己听，每一句情感都流成了起伏在纸面的水印。

这些年，我带着内心对诗歌的敬仰，憧憬着被柴达木的砂砾磨砺出光彩，将生活的经历当作镜像，肩负诗人的志向，沿着高原的阶梯拾级而上。头顶上方，蓝天白云展布苍穹。这就是给予我力量的自然能量，是我为诗歌坚持写作并历久弥新的神圣气场。

诗歌里有乾坤。在高原写诗，不惧高度，但怕不水灵。一路跋涉，山水草木自在眼前，我把它们看作一个个生命，写进诗里。无所不及，新鲜有之，甚至身边的小狗一个忠诚的眼神，或是关于男人的性情、女人的爱慕。我觉得这些时候我还是抓住了自然的灵魂，填补了生活本身不完整的缺憾，我以扭转失败的力气，极力保护了时空生命。

诗歌里有故事。我把写诗当成写一段故事，未必精彩，但起码足够真实。"走得不远／也想要瘦藤扶／但无木／秃的／限制了想象／不能提跋涉两个字／缺氧气／脉络特别清晰，骨骼特别坚硬／就是少气血，不那么流畅／格桑花只顾顽强，雪莲只能冰清玉洁／到了昆仑峰口／看不到罗布麻，红枸杞……"

这是我共情书写的结果。

我认为我成长得很慢，尽管热情、敏锐、空气、阳光和水无处不在，但还是有些辜负了流逝的时光和骨子里对诗歌的忠实。在困惑、彷徨的那段时间，我问自己这个"文艺老人"："你是否真的适合写作，不如去做些别的容易的？"好诗不是几笔几页就能写成的，好像历来也没有最高标准。在诗歌的理想复燃后，我重新鼓励自己，别太在意呵。就慢慢地把这些年的积累集合在了一起。理由首先是，既然一直热爱写诗，万一这其中真的也有好诗呢？再者我还是想继续做一个朋友们常说起的"诗人"。

借此机会，要真诚地感谢格尔木市作协，以及协会各位领导、编辑给与的鼓励、指导，以及提供平台和创造机会，并为此付出的辛勤努力。感谢这份诗歌的礼物。

2022.3.15